U0679543

一火流火

刘家彬诗歌集

刘家彬 著

陕西新华出版传媒集团

三秦出版社

图书在版编目（CIP）数据

星火流光：刘家彬诗歌集 / 刘家彬著.—西安：
三秦出版社，2018.6（2024.5重印）
ISBN978-7-5518-1846-9

Ⅰ.①星… Ⅱ.①刘… Ⅲ.①诗集－中国－当代
Ⅳ.①I227

中国版本图书馆CIP数据核字（2018）第117717号

星火流光——刘家彬诗歌集

刘家彬 著

出版发行	陕西新华出版传媒集团　三秦出版社
社　　址	西安市北大街147号
电　　话	（029）87205121
邮政编码	710003
印　　刷	三河市嵩川印刷有限公司
开　　本	889mm×1194mm　1/32
印　　张	6
字　　数	140千字
版　　次	2018年6月第1版
	2024年5月第2次印刷
标准书号	ISBN978-7-5518-1846-9
定　　价	36.00元
网　　址	http://www.sqcbs.cn

筑梦追星情似火　流光破浪志如金

——刘家彬先生诗歌集《星火流光》序

李景宁

去岁初冬的一天，诗词楹联之乡西安市鄠邑区下着小雨。快下班时，区诗词楹联学会琴心分会会长杨峰先生打来电话说，鄠邑区武术协会主席刘家彬先生要加入学会，还想把几十年写的诗结集出版。那天中午，我们就坐在一起开始谈诗说人生。听着听着，我就为其孜孜以求、锲而不舍的人生追求和奉献、敦厚、质朴的精神所感动。刘家彬先生，鄠邑区甘亭街办北郭村人，自幼爱好武术和文学。早年高考落榜，不坠青云之志，在农村打拼多年，又自学律师专业，取得巨大成功。宝剑锋从磨砺出，梅花香自苦寒来。无论担任西安市鄠邑区法律事务所主任，还是任职西安市鄠邑区武术协会主席，抑或担任鄠邑区诗词楹联学会琴心分会副会长，其都虚怀若谷，兢兢业业，认认真真干好每件事。此后，刘家彬先生给我邮箱发来诗歌集《星火流光》稿件，请我写序。于是，我就开始阅读其人生思想的火花，感悟其岁月的留痕，品味其立身处世的逻辑，咀嚼其诗梦的真味。春节期间，阅读了诗集后，百感交集，许多诗句在心中浮现。下面，就写写自己的阅读体会，与大家共勉。

一是在乡愁中，绽放着丝丝温情。其诗《麦客行》："茫

1

茫一片割麦客，手持镰刀背背衣。蓬头垢面衣袖烂，躺在大街真安全。头枕镰刀云做被，塑料袋袋当床单。身上气味不一般，常引富人到跟前。价钱谈妥酒肉待，来到地里活神仙。一天割倒二三亩，到晚还栖大街边。"这首诗写得传神生动，真实记录了麦客的劳动、生活状态，读后令人回味无穷。《雅典奥运赞》："奥运健儿罗雪娟，美女'雄狮'双重面。百米蛙泳夺金冠，'雄狮'出水鲜花艳。"蕴含着瞬间的感动、永久的记忆和无限的诗情。《观星》："思念难忍强看天，但悲不见月儿圆。何时灿烂星满空？明珠照心若等闲。"作者在晚饭后散步，看到天上的月亮和星星，继而思考人生，产生了月有阴晴圆缺，人有生离死别，不如明月在心，春花灿烂的思绪，这种仁爱之心、大爱情怀不言而喻，打动人心。乡愁是一杯酒、一本书，作者的诗就融入了一种热爱家乡的本土情怀，读后令人耳目一新。二是在流光里，抒发着滴滴亲情。其在看望病中朋友后，写诗《无题》："生命诚可贵，健康价更高。若要活得好，二者皆是宝。"写出真情，道出健康的重要。《探丽红》："二十花季当新娘，才貌出众艳邻乡。家庭琐事心中凝，三十出头精神狂。早知今天卧病床，何必当初小鸡肠。劝君开明心坦荡，潇洒一生身体棒。"作者触景感怀，字句间流露出对人生无常的叹息，也道出胸怀宽广的重要。《送子入学到上海》："浦东新区不一般，高楼林立耸云间。东方明珠最耀眼，闪闪灯光陪星玩。隧道码头是特点，街道人少车如川。节奏特快行走急，中国城市尔代言。"朱自清的背影里，仿佛看到父爱的力量。作者送儿子去上学报名，写出父子情，深有同感。《秦岭游》："巍巍秦岭好壮观，山尖耸入白云间。云海茫茫好浪漫，绿叶一片似波澜。索道化云一根线，腾空架桥像彩练。旅客游览坐飞船，一霎越过万重山。"赞美了家乡之美，道出了心中幸福的感悟。《盼妻复原》："困累不堪伴冷寒，睡在被窝真舒坦。嗷嗷期盼美人还，聊侃人生共枕眠。"盼望亲爱的妻子康复，写出对爱人的关怀，情真意切。亲情是无私的，是伟大的，是人间最美的情怀。该书中，有关亲情的诗篇很多，都是耐人寻味的精神食粮。三是在不语间，寄托着依依真情。其诗《北京有感》："都城人流日夜潮，五湖四海入云霄。此景只有北京城，外星期盼招手摇。"句句感情真挚，抒发了作者对首都北京的热爱之情。《告别镰刀》："五月秦川麦连天，波涛滚滚风翩翩。割麦机儿隆隆叫，三天麦浪看不见。如若向前撺十年，半月也难收割完。机械化儿真烂漫，劳动人民告别镰。"道出心声，写出新生活，诗情盎然。《歌颂建党八十三华诞》："八十三年风和雨，风吹雨打四海威。耀眼明珠嵌苍穹，伟大国策放光辉！"国家强大，民族复兴，写出对党的无限热爱。《浇苞谷》："伏天浇地极煎熬，下蒸上烤叶刃烧。汗水汨汨泉眼冒，胸闷脑嗡真味道。"直抒胸臆，写得极富生活气息，令人难以释怀，从另一个侧面写出珍惜粮食的重要。《遨游太空》："云海茫茫大雾都，身临此境仙鹤游。世人逍遥太空遨，宇宙探索无尽头。"赞美了中国空军，表达了对国防事业的期许，展现出作者的爱国之情。作者的诗，看似写得直白，其中却蕴含绵绵真情，正所谓大智若愚，蕴藏着大道至简的禅意。四是在字行处，彰显着煌煌雅情。《拾零》："青葱伊始赋诗篇，拾字闹文四十年。抒情咏志过百首，积水成渊也壮观。"寥寥数句，道出人生况味、对诗的情怀和感悟，道出对自己四十年来拾零的切实体会。《情人别》："分手时刻总难舍，相望泪眼江浸月。泪水汨汨肠中流，玉柔缠绵伤离别。"作者善于观察，通过在车站瞧见一对恋人，在车站离别时的情景，写出触动心灵的诗句。作者善于发现生活的美，书中充满了柔情蜜意。字句处，一种悲悯情怀和仁爱思想常常流露其间。五是在春风中，沐浴着缕缕深情。其诗《歌七六级同学聚会》："灯光闪闪不夜天，同学少年舞蹁跹。三年高中苦和寒，终生友谊记心间。唱歌跳舞共酒宴，良宵聚会好浪漫。"相逢是首歌，温馨不过同学情。这首诗写出同学在酒店聚会时的温馨情怀，写出对浪漫时光的难忘。阅读该诗集，常常被一种如沐春风的情绪包围着。作者是一个重情感的人，在他的内心世界里，一切众生都必须敬畏和尊重。因为这个缘故，才形成了他的大格局。如今，无论在法律界还是武术界，大家都知道他是一个好人，一个睿智的好人，一个读懂了人生意义的好人。

纵观刘家彬先生诗作，一股带着正能量和家国情怀的清风扑面而来。其诗多来源于生活，基本上没有雕琢和打磨的痕迹，散发着泥土的气息。心中日月风云短，笔底春秋天地长。其诗作中，许多写给身边亲人的诗，都可圈可点，值得褒赞。许多早期的诗作，虽然按照格律诗要求标准，应该再推敲，但是瑕不掩瑜。细读这些作品充满正能量、弘扬真善美的作品，给人以启迪和希望，让人在不经意间感悟到生命的美好，生活的静美。仰望浩瀚星空，感到生命的渺小；瞩目纷繁世事，感到时光的沧桑；关注人生态度，感到真善的力量。刘家彬先生风风雨雨几十年，在忙中、闹中能静下心，写出这么多诗篇，值得我们学习和效仿。十年磨一剑，功夫不负有心人。有梦，只要坚持努力就能实现。今天，我们欣喜地看到《星火流光》即将付梓出版，也算是天道酬勤，终成正果。筑梦追星情似火，流光破浪志如金。最后，祝愿刘家彬先生艺术之树常青，不断创作出更加无愧于时代和生活的精品力作。

赞曰：

> 诗海扬帆梦自香，上林雅苑沐朝阳。
> 家国赋爱时光好，岁月涵情笔力强。
> 仁载温良心志远，诚扬义善路途长。
> 和风浩气春潮涌，永谱人生锦绣章。

是为序。

2018 年 2 月 28 日于古鄠东仁府静竹轩

（作者系中华诗词学会会员，中国楹联学会会员，陕西省诗词、楹联学会常务理事，西安市楹联学会副会长，西安市鄠邑区作家协会副主席，西安市鄠邑区诗词楹联学会会长）

目　　录

1

附 录（贺 诗）

拾　　零

青葱伊始赋诗篇，
拾字闹文四十年。
抒情咏志过百首，
积水成渊也壮观！

2017 年 12 月 6 日

注：作者对四十年来拾零的感悟。

无　　题

生命诚可贵，
健康价更高。
若要活得好，
二者皆是宝。

2003 年 5 月 9 日

注：2003 年 5 月 1 日，作者在看望一个朋友后，感慨万千，遂作此诗。那位朋友自小聪明能干，可惜三十岁刚过就身患重病，卧床不起，作者因而深感健康的重要。

叹　人　间

人生短暂如一天，
早生晚走两相连。
夫妻恩爱重如山，
露水夫妻如硝烟。
战火辉煌片刻间，
烟消云散两不见。
一心一意夫妻缘，
不是神仙胜神仙。

2017 年 10 月 19 日

注：作者希望通过此诗让天下夫妻恩爱如山，白头到老，家庭和睦，阖家幸福。不要贪图一时的快活而惹火烧身，身败名裂。

归　宿

九月从文至天桥，
伙友功夫水磨熬。
互问为何拼命学，
名为"四化"实归宿。
农村苦脏累人伤，
老来还得要儿养。
职工干部活得香，
老来有钱又有粮。
脱下农装夺圣装，
为此苦读十寒窗。

1982 年 6 月

注：1981 年 9 月，作者在天桥中学开始从理科转为文科学习，看到同学们夜以继日、刻苦学习的样子，特别是农村青年，希望通过高考改变命运的情景，便写下了这首诗。因为作者也是农村孩子，深有在农村与酷热饥寒抗争的体会。后作者毅然回乡务农，不相信不会出人头地。"农村是一个广阔的天地，在那里是大有作为的。"这是毛主席的谆谆教导。作者在农村拼搏了三十年，深感毛主席教导的英明正确。

夺 天 宫

收割时节雨连绵，
农家心里似箭穿。
机械化儿难施展，
人的力量让雨颠。
万顷麦浪黄灿灿，
转眼变成黑一片。
拔刀抽剑斩天神，
定夺天宫为民愿。

1991 年 6 月 14 日

注：1991 年 6 月 6 日，正直"三夏"大忙龙口夺食之际，但阴雨连绵，接连下了八天，黄灿灿的麦穗变黑。农民眼睁睁地看着成熟的麦子被雨浇坏，却无能为力。作者感慨万千，便写下了这首希望控制老天愿望的诗。

麦 客 行

茫茫一片割麦客，
手持镰刀背背衣。
蓬头垢面衣袖烂，
躺在大街真安全。
头枕镰刀云做被，
塑料袋袋当床单。
身上气味不一般，
常引富人到跟前。
价钱谈妥酒肉待，
来到地里活神仙。
一天割倒二三亩，
到晚还栖大街边。

1991 年 6 月 16 日

注：1991 年 6 月 6 日，在"三夏"大忙之际，却大雨连绵。甘肃、陕西汉中一带农民眼看收获无望，便纷纷外出割麦挣钱。麦客们白天站在大街上等待人雇佣，晚上仍睡在大街上。此诗表现出麦客们生活的艰辛。

故 宫 行

七人来到北京城，
游游逛逛喜盈盈。
紫禁城里不一般，
皇家太监走两端。
皇家享尽美和荣，
太监断了香火生。
苦尽百姓千千万，
留下古迹代代观。

1992 年 9 月 26 日

注：1992 年 9 月 26 日，作者弟兄姊妹七人来北京接车，第二天便参观了天安门广场、故宫、人民大会堂、毛主席纪念堂、中国国家博物馆。晚上夜不能寐，写了这首诗。

北京有感

都城人流日夜潮，
五湖四海入云霄。
此景只有北京城，
外星期盼招手摇。

1992 年 10 月 9 日

注：作者晚上睡在床上回忆白天逛北京的情景，真是历历在目，便以此诗描写了北京绚丽繁华、人流量之大的情景。

歌七六级同学聚会

灯光闪闪不夜天，
同学少年舞蹁跹。
三年高中苦和寒，
终生友谊记心间。
唱歌跳舞共酒宴，
良宵聚会好浪漫。

1998 年春

注：1998 年春天，户县光明中学七六级同学在三鑫大酒店聚会。老友重逢的那种欢聚一堂、喜气洋洋的场面，令人心潮澎湃，夜不能寐。

咏 归 国

忆往昔，
八国联军入中国，
割地赔款任人欺！
看今朝，
世界当惊中华殊，
香港澳门顺归国。

1999 年 12 月 20 日

注：1997 年 7 月 1 日，香港回归祖国。中国政府对香港恢复行使主权，香港特别行政区成立，基本法开始实施。香港进入了"一国两制"、"港人治港"、高度自治的历史新纪元。

1999 年 12 月 20 日，澳门回归祖国。当日零时，在中葡两国元首见证下，第 127 任澳门总督韦奇立和第 1 任澳门特别行政区行政长官何厚铧于澳门新口岸交接仪式会场场内交接澳门政权。翌日（12 月 21 日）早晨，澳门群众欢迎中国人民解放军驻澳部队进驻澳门。至此，中华人民共和国正式恢复对澳门行使主权。

此诗系作者为庆祝香港、澳门回归祖国而作。

赠 刘 拓

小学初中听爸话，
胆小怕事成绩佳。
班上考试前十名，
老师家长喜盈盈。
高中贪玩打篮球，
成绩越来越不行。
高考结果不满意，
坚持复习圆美梦。
可惜意志不坚强，
成绩一下掉下来。
玩玩玩，
玩丢名牌大学生！
耍耍耍，
耍掉人生金时光！
再不洗掉玩耍手，
到时后悔别大哭。
科学安排和计划，
学习成绩一定佳。

只要收了心，
黄土也能变成金。
是土还是金，
看你收心不收心！

2002 年 8 月 12 日

注：刘拓是作者长子，2001 年参加高考，成绩刚上一本线，未被录取。复习一年又贪玩，2002 年被二本学校录取。作者为鼓励儿子在大学好好学习，便写了这首诗。

众志成城抗"非典"

中共中央一声令，
全国人民齐响应。
众志成城抗"非典"，
白衣战士一马先。
SARS 病毒不一般，
得来人肺不动弹。
医生治疗最易染，
护士护理更危险！
白衣天使勇无畏，
全国人民拍手赞。
SARS 病毒不可怕，
科学总能攻破它。
治愈出院已上千，
未见一例再复发。
我们一定不惊慌，
冷静对待稳工作。
安安安，静静静，
抗击"非典"重中重。
但也不敢太大意，

死亡也有几百例。
"非典"其实不可怕，
最怕我们忽视它。
你一麻痹它来犯，
只要我们有防范。
SARS 病毒是忧患，
突如其来是灾难。
战场虽然无硝烟，
除它就是排导弹。
灭它就是泯战犯。
中华民族几千年，
历史光荣又灿烂。
战胜疟疾有经验，
藐视重视二者兼。
同心协力跟党走，
众志成城抗"非典"！

2003 年 5 月 13 日

注：2003 年，SARS 病毒在全国蔓延，党中央对此非常重视。作者为让群众别惊慌，写下了这首诗，以鼓励他们安心工作和学习。

心　花

我是一个很丑很丑的小傻瓜，
在那百花园中看中了，
一朵娇美的傻小花。
看着看着就想摸她，
刚想伸手又怕人笑话。
低下头去想吻她，
她的香气扑鼻啦，
直扑得我两眼发花。
我只好抬起头，
用眸子品尝她。
我忽然发现，
品尝比吻比摸更来劲呀！
今晚再看放花时，
请您顺便瞧瞧她，
——我已开放的心花！

2004 年 1 月 15 日

注：2004 年正月，作者与一位清纯美丽的校花邂逅，在相处中默默
地爱上了她，便写了这首诗以表达对她的爱慕之情。

观世界风云

——盼和平

茫茫人海行匆匆，
大千世界色忧忧。
人间到底为何物？
尔虞我诈烟袅袅。
拔刀抽剑翱苍穹，
横扫人间不公平。
待到山花灿漫时，
我在丛中放声歌。

2004 年 5 月 11 日

注：2004 年 5 月 11 日中午，看中央电视台新闻，美英联军依仗其军队强盛，将炸弹投向伊拉克，作者认为这场战争是弱肉强食的非正义之战，遂有感而发。

看宣判张小妹有感

忆往昔，
同学少年练武功，
常常比赛负盛名。
步伐稳健眼有神，
练起套路吸引人。
观众羡慕同行妒，
教练欣喜有高徒！
看今朝，
五花大绑垂着头，
三进三出为贩毒。
锒铛入狱十年囚，
不走正道多悲愁。
年迈时节狱中度，
少年壮志去无留！

2004 年 5 月 21 日

注：诗中主人翁张小妹（化名），是作者少年时期的体校同学。她从小武术练得很好，二起脚、旋风脚、摆连腿腾空、旋子转体360度、二起脚腾空带侧空翻，练起来浑身刚劲有力，双目炯炯有神，深受教练喜爱、同行美慕。

盼人间无硝烟

一个女人一片云，
日曛时节最动人。
但愿人人云一朵，
碧空世界没寂寞。
茫茫云海波涛滚，
巍巍大地四海威。
人类若是无硝烟，
美满生活赛神仙！

2004 年 5 月 24 日

注：作者看当天的央视新闻，美英联军将炸弹投向伊拉克一处婚礼现场，造成45人死亡，令人悲痛万千！一对本该幸福美满的新郎和新娘，就这样被炸弹送上了灵堂！

告别镰刀

五月秦川麦连天，
波涛滚滚风翩翩。
割麦机儿隆隆叫，
三天麦浪看不见。
如若向前撵十年，
半月也难收割完。
机械化儿真烂漫，
劳动人民告别镰。

2004 年 6 月 3 日

注：2004 年"三夏"大忙，6 月 1 日割麦机开始割麦，6 月 3 日万顷麦田便被一扫而光，作者感叹从此劳动人民告别了镰刀。

19

祖　国　颂

奥运盛会北京举，
"东亚病夫"掌乾坤。
宇宙飞船翱太空，
巨龙腾飞最雄伟！

2004 年 6 月 5 日

注：2004 年 8 月 13 日，第 28 届夏季奥运会开幕式在雅典奥林匹克主体育场隆重举行。奥运会回到了希腊，这是古代奥林匹克运动会和首届现代奥运会的故乡。在 2004 年 6 月 5 日，作者听闻第 29 届奥运会将在北京举办，感慨万分，便写了此诗。

悲 车 祸

车祸猛如虎，
吃人不用口。
车毁人伤亡，
家族悲中忙。
人人盼祸稀，
偏偏祸来急。
谁解此中谜，
唯有守规人。

2004 年 6 月 8 日

注：2004 年 1 月 16 日，作者母亲因车祸住院，此诗记录了当时忙乱的情景和作者悲愤的感受。

高　　考

一年一度高考劲，
不是三夏，
胜似三夏，
遍地考生忙得开了花。
开了花，
美咂砸，
十年寒窗交卷啦！
有的哭，
有的笑，
个别的还瞎胡闹。
成绩好的家长喜，
考生更是很欣慰。
成绩差的家长愁，
考生更是苦烦忧。
欣慰和烦忧，
二者皆可求。
求求求，
哲理在里头！

2004 年 6 月 10 日

注：2004 年作者小孩子高考，作者深感考生和家长的焦灼心情。

茅塞顿开

儿女自有儿女福，
莫为儿女苦烦忧。
大女萧条二女红，
自然规律很平平。
谁个红火谁忙活，
何不帮忙找快乐？
只要天天忙活活，
岂不变忧为快乐？

2004 年 6 月 11 日

注：2004 年陕西高考作文题为：一位老太太有两个女儿，大女儿嫁给洗染店老板，小女儿嫁给雨伞店老板。老太太天天为女儿忧虑：雨天，担心洗染店的衣服晾不干；晴天，生怕雨伞店的雨伞卖不出去。后来，有个聪明人开导她："老太太好福气啊！雨天，小女儿生意兴隆；晴天，大女儿顾客盈门。您哪一天不快活呀！"作者有感而发，便拟了此诗。

探 丽 红

二十花季当新娘，
才貌出众艳邻乡。
家庭琐事心中凝，
三十出头精神狂。
早知今天卧病床，
何必当初小鸡肠。
劝君开明心坦荡，
潇洒一生身体棒。

2004 年 6 月 12 日

注：丽红（化名）是作者朋友的妻子，20 岁时在新婚殿堂上美丽超群，才貌出众；十年后的今天，却因家庭琐事患抑郁症，令作者在去医院看望时感叹不已。

叹大哥为儿喜忧愁

九九高考榜有名，
父母高兴亲邻敬。
中国医科读五年，
回陕考公落了名。
最忧莫过父母愁，
日夜无眠月白头。
五年花费六七万，
今日毕业无归宿。

2004 年 6 月 16 日

25

赠 大 哥

儿女自有儿女福，
莫为儿女苦烦忧。
天生后辈必有用，
千金散尽还复来。

2004 年 6 月 16 日

26

看 大 哥

现在一天乐呵呵，
儿子西安房两个。
主刀手术大外科，
一月工资两万多。

2017 年 10 月 16 日

注：作者侄儿于 1999 年高考金榜题名，被中国医科大学法医专业录取。2004 年毕业考公务员落榜，2005 年再考又落榜，大哥一夜之间愁白了头。为劝慰大哥，作者写下了《叹》《赠》两首。后侄儿经过三年研究生学习，现在西安红十字会医院担任主刀医师，令大哥喜出望外！

赞刘展骥

清正廉洁勤一生，
党的宗旨融心中。
拒腐守法似生命，
留下丹心人民颂。

2014 年 6 月 17 日

注：刘展骥曾是陕西省高级人民法院纪检委书记，在任期间，清正廉洁，鞠躬尽瘁，一心一意，坚持原则，以事实为根据，以法律为准绳，紧守规矩，把党的事业当作自己的事业，老百姓看在眼里、记在心中。作者和刘展骥是朋友，为他写了这首诗。

悲弱肉强食

弱肉强食牲畜戏，
自然生息不为奇。
人间若要强凌弱，
文明仿佛倒逆施。
美英侵犯伊拉克，
世界悲哀强者贼。
道高一尺魔一丈，
世间谁去论短长。

2004 年 6 月 17 日

注：美英联军轰炸伊拉克，作者义愤填膺，呼吁世界人民谴责美英联军惨无人道的罪恶行为！

叹 老 萨

一代天骄阶下囚，
世界悲哀泪中流。
敢与霸权叫真理，
只惜军队无雄威。

2004 年 6 月 18 日

注：萨达姆曾是伊拉克国家元首，却被美英国外势力作为囚徒处以绞刑。作者以此诗感叹伊拉克军队不堪一击，缺乏战斗力。

感 丽 红

一

年轻貌美好潇洒，
尽职敬业园中马。
积劳成疾突爆发，
卧床数月度年华。

二

几天不见瘦一半，
鲜嫩脸蛋变难看。
工作辛苦世事暗，
房子被盗手机冤。

2004 年 6 月 22 日

注：丽红（化名），2004 年某县某中学教育主任。她以身作则，尽职尽责，受到当地群众的好评。后由于积劳成疾卧床数日，在住院期间房子被盗，手机被偷。作者是丽红夫妇的朋友，便写了《感丽红》。

乞丐富翁

一生心眼很开窍，
轧锉发锯真奇妙。
火候掌握恰到好，
锉刀锯条刃耐磨。
用户欢迎拍手赞，
名声大噪县志编。
翻新轴承赚了钱，
弃艺从商货最全。
个体户中算大王，
想当下个香玉狂。
商人重利轻仁义，
亲戚儿女近中泣。
给甥借贷七八万，
架桥他人收了单。
为此忧愁心中凝，
一命呜呼六十整。

托梦妻子戏中情，
甥与外甥大闹腾。

妗骂外甥要舅命，
外甥哭舅不实诚。
死后方知万事空，
苦苦赚钱累一生。
创下业绩过百万，
群众议他不简单。
从小讨饭落户县，
原籍河南偃师县。
七岁发水父亲溺，
兄弟三人围母迹。
十三学得铁匠艺，
常令师傅咂嘴誉。
倏地没了人悬念，
钱这玩意令人叹！

2004 年 6 月 28 日

33

盛夏雷雨天

大雨滂沱如瓢泼，
黑云翻滚雷电聒。
风攫莽树如卷席，
一霎晴空黑墨锅。

2004 年 7 月 1 日

注：2004 年 6 月 28 日，突然风起云涌，打雷闪电，大雨瓢泼，天空黑成一片，像一口大黑锅扣在头上。作者以此诗记录当时场景。

歌颂建党八十三华诞

八十三年风和雨，
风吹雨打四海威。
耀眼明珠嵌苍穹，
伟大国策放光辉。

2004 年 7 月 1 日

注：2004 年 3 月 10 日，胡锦涛在中央人口资源环境工作座谈会上发表讲话，全面阐述科学发展观的深刻内涵和本质要求。

3 月 22 日，国务院印发《全面推进依法行政实施纲要》，要求经过十年左右坚持不懈的努力，基本实现建设法治政府的目标。

作者看到国家越来越强大，政策越来越好，于是在党的八十三华诞之际写了这首歌颂伟大党、伟大祖国的诗。

自　诩

天生秉性共患难，
莫能与人同欢宴。
路见不平拔刀助，
肝胆涂地一寸丹！

2004 年 7 月 2 日

注：作者天生同情弱者，勇于助人为乐，追求公平合理，提倡除恶
扬善。

情　人　别

分手时分总难舍，
相望泪眼江浸月。
泪水汩汩肠中流，
玉柔缠绵伤离别。

2004 年 7 月 3 日

注：作者在车站看见一对恋人，在车站离别时的情景。

望 云 烟

遥望云烟强看天，
但观战火难开颜。
何时世界成一统，
吾独枯死亦心甘！

2004 年 7 月 8 日

注：伊拉克战争带来的灾难，令作者悲愤交加，以此诗期盼全球
和平。

浇 苞 谷

伏天浇地极煎熬，
下蒸上烤叶刃烧。
汗水汩汩泉眼冒，
胸闷脑嗡真味道。

2004 年 7 月 12 日

注：苞谷指玉米。作者记录了伏天浇苞谷，苞谷叶刷得人身上发痒，再加上苞谷地里50℃左右的温度，那种痒热难耐的感受。

情　人　缘

相见时节两相望，
默默无语心起浪。
十年含情梦中荡，
今日终于入洞房。

2004 年 7 月 14 日

　　注：作者通过此诗描写一对暗恋多年的情人，终于走上婚姻的
殿堂。

夏　雨　夜

夏雨夜凉爽，
空气郁清香。
情侣漫步走，
明星闪金光。

2004 年 7 月 17 日

注：作者在夏雨过后的夜晚散步，月明星灿，空气清新，树木丛
生，草木茂密，便写了此诗。

读《孙悟空三打白骨精》诗有感

雷轰电霹降大地，
斩妖除魔精成灰。
人妖颠倒唐僧迷，
咒念金箍大圣泣。
待到妖吃僧肉时，
后悔晚矣大吃亏。
孙猴不计先前过，
腾空变蝇棒妖魔。

2004 年 7 月 24 日

注：读毛泽东和郭沫若关于《孙悟空三打白骨精》的两首诗，夜不能寐，浮想联翩，欣然试笔一首。1961 年，郭沫若在观看剧作《孙悟空三打白骨精》后写下一首《七律·看〈孙悟空三打白骨精〉》呈现给毛泽东。见到郭的七律，毛泽东诗兴大发，写下《七律·和郭沫若同志》。读了毛泽东的和诗后，郭沫若当天即用毛诗的原韵，又和了一首七律。

附：《七律·和郭沫若同志》

毛泽东

一从大地起风雷，
便有精生白骨堆。
僧是愚氓犹可训，
妖为鬼蜮必成灾。
金猴奋起千钧棒，
玉宇澄清万里埃。
今日欢呼孙大圣，
只缘妖雾又重来。

郭沫若

赖有晴空霹雳雷，
不教白骨聚成堆。
九天四海澄迷雾，
八十一番弭大灾。
僧受折磨知悔恨，
猪期振奋报涓埃。
金睛火眼无容赦，
哪怕妖精亿度来。

乡村土路

农家土路真糟糕，
车过尘埃如浪涛。
何时硝烟不蔽日，
明镜阡陌多缭绕。

2004 年 7 月 25 日

注：明镜：路面像镜子一样。阡陌：纵横交错的道路。缭绕：回环旋转。作者深感汽车驰过乡村土路"尘土翻卷蔽天日，恰似硝烟弥漫飘"的状态，希望能够早日实现"明镜阡陌多缭绕"的愿望。通过该诗，能够看到 2004 年农村大部分还是土路，现在通过十几年的"村村通"工程，基本看不到农村土路了，作者的愿望实现了！

满江红·大千世界

大千世界，
尔虞我诈无规则。
美仗威，
今日打阿，
明日打伊。
航母导弹空降兵，
势破如竹打老翁。
全球四十亿齐声唤，
有何干？
多少人，
死得冤；
氢弹在，
敢撒野？
有科技在手，
谁敢欺负？
四面八方觅科技，
五湖四海壮军威。
揽亿万人民大智慧，
全球辉！

2004 年 8 月 2 日

注：读毛主席和郭沫若《满江红》，夜不能寐，浮想联翩，特别是毛主席的诗气势之磅礴，令我望洋兴叹。看小小寰球，一片狼藉。望未来，盼人民安居乐业，国富兵强，欣然提笔照摹一首。

附：《满江红·和郭沫若同志》

毛泽东

小小寰球，
有几个苍蝇碰壁。
嗡嗡叫，
几声凄厉，
几声抽泣。
蚂蚁缘槐夸大国，
蚍蜉撼树谈何易。
正西风落叶下长安，
飞鸣镝。
多少事，
从来急；
天地转，
光阴迫。
一万年太久，
只争朝夕。
四海翻腾云水怒，
五洲震荡风雷激。
要扫除一切害人虫，
全无敌。

仿《卜算子·咏梅》

梅花耐苦寒，
雪压独自艳。
零下四十三丈冰，
花仍傲香来。
香来不觉寒，
只把冬来扮。
待到春来百花开，
她在云中欢。

2004 年 8 月 3 日

注：扮：装扮。读毛主席《卜算子·咏梅》，照模仿之。

附:《卜算子·咏梅》

毛泽东

风雨送春归
飞雪迎春到。
已是悬崖百丈冰，
犹有花枝俏。
俏也不争春，
只把春来报。
待到山花烂漫时，
她在丛中笑。

长空铸剑

飒爽英姿映蓝天，
飞机翱翔真烂漫。
中华空军多豪迈，
叱咤风云国威轩。

2004 年 8 月 3 日

注：轩：朝气蓬勃、器宇轩昂、气度不凡。

遨游太空

云海茫茫大雾都，
身临此境仙鹤游。
世人逍遥太空遨，
宇宙探索无尽头。

2004 年 8 月 3 日

注：作者看央视新闻，看到中国载人飞船遨游太空的壮丽景观和凯
旋，欣然赋诗一首。

中 伏 雨

喜雨秋苗笑，
农民拍手叫。
省钱又省力，
免遭酷热熬。

2004 年 8 月 4 日

注：炎热的中伏天，玉米干旱，叶子卷在一起，喜逢一场大雨，农民不用浇地，节省了人力、电力。

游　丽　江

晚霞红云遨飞燕，
一片汪洋渡飞船。
岸边沙滩情人驻，
双双对对意悠然。

2004 年 8 月 4 日

注：作者到丽江旅游时看到的景色和感受。

51

赞杨莉滨女士潇洒人生

今日有酒今日醉，
明天无酒喝凉水。
人生自有人生趣，
莫为人生苦心肺。
年轻少壮多图举，
苦挣甜吃心情翠。
敢想敢做有胆识，
一生潇洒大美女。

2004 年 8 月 11 日

注：杨莉滨，基金合伙人。作者在看到杨莉滨报道后，感叹人真是在坎坷跌宕中匍匐前进，遂写了此诗。

她说："我觉得这个时代的人没有我幸运，像我这样出生在 20 世纪 50 年代的人，都体验过特别纯粹的爱情，爱的时候，想的只是奉献，没有索取。但社会发展到今天，爱变得有条件了，爱的时候，要计算他能给我多少，我才付出多少。但我觉得，一辈子没有忘我地爱过、受伤过，是一件特别遗憾的事。我是什么都尝试过的人，所以我有资格讲，爱情会是你一生中最独一无二和最刻骨铭心的人生体验，千万不要错过它。"

能战才能言和

中共中央真英明，
经济军事同步行。
世界霸权日嚣张，
打阿打伊还眈朝。
世界人口四有一，
不扼霸权全球嚎。
小小台湾搞公投，
军威无慑大振兴。

2004 年 8 月 11 日

注：作者看美英联军攻打伊拉克，极为愤慨；加之台湾搞公投，更是义愤填膺，遂作此诗。

53

雅典奥运赞

奥运健儿罗雪娟，
美女"雄狮"双重面。
百米蛙泳夺金冠，
"雄狮"出水鲜花艳。

2004 年 8 月 18 日

注：作者看到奥运健儿罗雪娟在雅典奥运会上夺得蛙泳金牌的瞬间，感慨不已。

看黄蓉悼美玲

薄命港妹翁美玲，
只因感情毁终生。
二十六岁鲜花季，
二年演艺观众迷。
鲜花盛开好烂漫，
蜜蜂嗡嗡花蕊精。
情感缠绵玉柔中，
猝然凋谢花无影。

2004 年 8 月 18 日

注：翁美玲 1959 年 5 月 7 日生于香港，1983 年凭《射雕英雄传》里的"黄蓉"一角而一炮走红，成为香港电视界重要人物。1985 年 5 月 14 日翁美玲因情自杀，终年 26 岁。

奥 运 颂

雅典奥运传喜报，
三十二金中国傲。
刘翔跨栏最荣耀，
龙飞凤舞红旗笑。
跆拳道上夺两金，
女排廿年又重温。
奥运健儿多豪迈，
国歌奏响泪花闹。

2004 年 8 月 30 日

注：此诗是作者为中国健儿在雅典奥运会上喜获丰收而赞！

56

四　　不

不吸烟，
不喝酒，
不染头发，
不玩赌。
"四不"牢牢记心头，
赛过神仙青春留。

2004 年 12 月 6 日

注：此诗为作者对自己的要求。

醉　酒

梦后青山亦壮观，
酒醒人欢在浪尖。
昨日爱恨已了了，
暴雨隔窗夜相眠。

2005 年 6 月 1 日

注：作者梦后、酒醒，又夜逢暴雨，感叹而作此诗。

58

有容乃大

百日以来冷似铁，
得罪太深情欲裂。
往事如烟终了了，
是非曲直谁与解。

2005 年 9 月 1 日

注：作者写自己几个月来与人矛盾难以化解，而最终放下的心情。

颂　时　代

五十六年天翻地覆，
没吃没喝的日子一去不复。
充沛的精力男欢女呼，
美好的生活歌舞相伴。
日日吃年饭，
夜夜睡香甜。
蜜一样的生活，
蜜一样的工作，
天天快乐，
天天唱歌。
这就是我们现代的生活，
这就是我们现代的工作！
快活快活，
快活快活！

2005 年 10 月 1 日

注：2005 年 10 月 1 日是中华人民共和国成立 56 周年国庆日，作者
对现代生活的美好幸福感到无比欣慰与自豪。

失落的女人

心细人好花美，
等待难耐熟睡，
回味温馨陶醉。
起床失约挂泪。

2006 年 6 月 23 日

注：作者看到电视剧里一位善良妇女，在等候丈夫彻夜不归时的悲伤情景。

赠梦中情人

相逢不觉知己，
生活淡淡流水，
滴水穿石情义深，
愿做人生好伴侣。

2016 年 6 月 18 日

注：作者此诗是写给自己夫人的，通过二十多年的夫妻恩爱生活，深感今生的幸福。

太阳与月亮

千里思念何至极，
鹊桥暗度盼七夕。
水流澹澹日月静，
狂风暴雨荡潮汐。

2006 年 7 月 5 日

注：潮汐，即涨潮和落潮现象。涨潮时，海水上涨，波浪滚滚，景色十分壮观；退潮时，海水悄然退去，露出一片海滩。涨潮和落潮一天一般有两次。海水的涨落发生在白天叫潮，发生在夜间叫汐，古有"大海之水，朝生为潮，夕生为汐"。在涨潮和落潮之间有一段水位处于不涨不落的状态，叫作平潮。作者把太阳和月亮比作一对情人，用潮汐比喻情人心绪的潮起潮落。

送子入学到上海

浦东新区不一般，
高楼林立耸云间。
东方明珠最耀眼，
闪闪灯光陪星玩。
隧道码头是特点，
街道人少车如川。
节奏特快行走急，
中国城市尔代言。

2006 年 9 月 16 日

注：2006 年 9 月 15 日，作者送儿子去上海上学，在浦东新区玩了几天，感受极深。回来后夜不能寐，便写了这首诗。

观　星

思念难忍强看天，
但悲不见月儿圆。
何时灿烂星满空？
明珠照心若等闲。

2006 年 10 月 3 日

注：作者有晚饭后散步看月亮、看星星的习惯。但 2006 年 10 月 1 日开始就阴雨连绵，晚饭后散步不但出行不便，而且没有月亮和星星陪伴。抬头看天空漆黑一片，心中愁绪万千，仔细思考人生，月有阴晴圆缺，人有生离死别，不如明月在心，春光灿烂！

坦　诚

敲开天窗故妖娆，
口是心非乾坤倒。
畅叙胸怀共真诚，
人生坦荡天不老。

2006 年 10 月 5 日

注：作者希望人与人交往要真诚直白，心口如一。

望　月

沉默不语冷似铁，
烈男烦躁痴看月。
鸳鸯宫廷相拥抱，
观者羡慕泪两列。

2006 年 10 月 16 日

注：作者这天心情郁闷，晚饭后散步，看到月亮里仿佛有一对情侣
在缠绵拥抱，遂有感而发。

赠礼中秋

从小相逢，
相处平平。
流水淡淡，
情意浓浓。
中秋月明，
月下朦胧。
朦朦胧胧，
拥抱感情。
共揽明月，
情投意同。

2007 年中秋节

注：作者在中秋节的晚上看到月亮圆亮，星光闪闪，一对对夫妻情侣在月下缠绵，心中充满无限美好。

赠美人

宁陕旅游遇美人，
导游风采显丽质。
漂流冲浪真刺激，
一月过去似今日。

2009 年 8 月 7 日

注：作者在 2009 年 7 月 7 日随团到宁陕县旅游，漂流时为两人一个
皮筏子，作者刚好与女导游同乘一个皮筏子。导游的丽质令作者赞叹
不已。

69

老 婆 赞

老婆啊老婆，
你是我的太阳，
我的心，
我的最爱！
自从你嫁给了我，
我就成了你的心肝宝贝，
天天依偎在你的怀抱。
天气寒冷的时候，
你为我把衣服添加。
当我走在回家的路上，
你总是把我牵挂。
在你的眼里，
我永远是个小孩没有长大！

2010 年 7 月 12 日

注：这是作者在妻子得病后生命垂危的一月里处于是继续抢救治疗，还是听取医生建议放弃治疗的抉择期。作者回忆三十年来，与妻子风雨同舟，相濡以沫，妻子对自己的呵护关爱，毅然决定坚持抢救不放弃，在病房里把《老婆赞》唱给她听，鼓励她与病魔做斗争！

武当山比赛有感

廿人来到十堰城，
一路乘车喜盈盈。
连绵山路白云间，
无限风光惹人馋。
武术比赛开幕式，
唱歌跳舞惹人恋。
比赛场上展风采，
个个英姿劲勃发。
刚柔缠绵劲道味，
擒拿格斗展武魂。
集体比赛拿第一，
个人角逐冲金牌。
领导参赛不一般，
创下历史新纪元！
留下武德照户县，
六十万人齐欢颜！

2015 年 8 月 19 日

注：2015 年 8 月 18 日，户县武术协会在政协主席张萍，常务副县长张成群的率领下，在县文化体育广播电视局局长陈玮，环卫局局长李士彦、武协主席刘家彬（作者本人）、副主席王玮，名誉主席谭应魁的陪同下，共 20 人参加武当山第三届世界太极拳比赛并喜获金奖！

户县四季如春

霜叶红于二月花，
冬秋景色赛春夏。
唯我秦岭北麓有，
户县风景美如画。

2016 年 10 月 18 日

注：作者以此诗赞美户县秋冬景色的美丽。

奔　月

日行万里与月绵，
星光灿烂舞翩翩。
歌声唱亮月儿圆，
阳光普照笑开颜。

2006 年 12 月 16 日

注：作者以此诗赞美我国第一颗绕月卫星"嫦娥一号"。我国探月
"嫦娥工程"共分"绕""落""回"三步实施。2004 年，中国正式批准
"嫦娥工程"绕月探测工程立项，并启动实施。

秦　岭　游

巍巍秦岭好壮观，
山尖耸入白云间。
云海茫茫好浪漫，
绿叶一片似波澜。
索道化云一根线，
腾空架桥像彩练。
旅客游览坐飞船，
一霎越过万重山。

2017 年 5 月 1 日

注：此诗为作者在"五一"劳动节，陪朋友游览太平森林公园坐索道时的感受。

忆同学少年

忆往昔，
同学少年，
清纯健美。
看今朝，
满头白发，
两眼昏花。
相遇时，
点头哈腰，
东奔西跑。
偶有喜宴聚欢颜，
谈笑风生片刻间。
弹指一挥四十年，
少年淳美永不还。

2017 年 8 月 9 日

注：淳美：厚重完美、纯朴美好。

75

控 老 天

秋雨连绵惹人烦，
道路泥泞举步难。
农家心里似箭穿，
苞谷成熟无法搬。
何时科技控老天？
叫下让停按开关。
科学想象好壮观，
人定胜天多烂漫！

2017 年 10 月 11 日

注：叫下：让下雨。让停：让不要下雨。农村田地里的田间小路还
未硬化时，玉米成熟时的连阴雨让农民无奈何。

盼　相　依

一线穿南北，
情投意色色。
缠绵玉怀中，
盼望相守妻。

2017 年 10 月 18 日

注：作者此诗希望天下所有夫妇都能爱情专一，相伴如初，不离不弃。

飞　梦

梦的遐飞多波澜，
豪情奔放任道远。
灵魂翱翔千帆过，
心情舒畅逐浪高。
梦回枕边开怀笑，
现实生活多奇妙。
金窝银窝好浪漫，
哪有梦中缠绵馋。

2007 年 10 月 18 日

注：此诗为作者梦见一对青少年时期的恋人在一起嬉戏游泳，在沙滩奔跑玩耍时的情景。

78

叹 人 间

花开花落一瞬间，
但悲不见共欢宴。
醉生梦死食人烟，
一片汪洋都不见。

2017 年 10 月 20 日

注：作者以此诗感叹人生的短暂。青少年时期的小伙伴，经过四十年的人间烟火，有的已匆匆撒手人寰，还没来得及聚聚就永远无法会面了。

赞亚澳诗二首

一

人心所向，
机具所当。
唯我亚澳，
世界无双！

二

亚澳四十弹指间，
产品质量美誉传。
《匠心制造》央视播，
亚澳职工笑开颜。
董事长呀领导好，
专利近百质量保。
插秧播种为民愿，
创下历史新纪元。

2017 年 10 月 26 日

注：亚澳，即西安亚澳农机股份有限公司，其前身是西安旋耕机厂，
创建于 1977 年。创始人是亚澳现任董事长史可器先生，为著名企业家。

颂史可器

史可器呀真伟大，
发明专利近百啦！
小学念了两天半，
回家放羊扫猪圈。
"文化革命"受歧视，
因为成分有麻搭。
生产队里捉犁耙，
吆喝牲口听他话。
手扶四轮都开过，
出了毛病他拾掇。
改革开放修农机，
一天能挣好几百。
修了农机懂机械，
立志制造旋耕机。
办厂办了四十年，
赚钱赚了数亿元。
厂有职工四五百，
为民就业出大力。

平均工资过五千，
职工个个有小车。
现在亚澳上央视，
成为中国农机魁。
七十有二精神爽，
正常上班还养鱼。
门前屋后像花园，
晨练跑步葆青春。
一生钻研心开窍，
持之以恒能做到。
真正农民成专家，
农机世界领跑啦！

2017 年 12 月 26 日

注：史可器，即西安亚澳农机股份有限公司董事长。

赞史可器家门前花园

庭前花园美如画，
造型别致像门衙。
匠心独裁冬月花，
绿叶胜过二月芽。

2017 年 11 月 16 日

注：此诗赞叹史可器爱好广泛，养花，养鱼，庭前花园风格别具
一格。

盼妻复原

困累不堪伴冷寒，
睡在被窝真舒坦。
嗷嗷期盼美人还，
聊侃人生共枕眠。

2017 年 12 月 6 日

注：此诗为作者盼望亲爱的妻子早日康复。

户县武术源远流长

户县武术古远长，
传真文化在祖乡。
历史多少武士郎，
出自本土震四方。
上辈大师张金仲，
刀枪剑棍威名扬。
现在武才肖关纪，
全运比赛夺棍王。

2017 年 11 月 8 日

注：古远长：从古至今都有武士郎。

赞 永 民

一

永民高瞻且远瞩，
娶个老婆很温柔。
开始创业卖猪蹄，
起早贪黑很累人。
干了几年赚了钱，
征地起步开宾馆。
生意兴隆喜事多，
永民一天乐呵呵。
生活越过越有味，
宾馆现在是两个！

二

永民心计很超群，
面貌倜傥风度存。

吃苦耐劳无人比，
娶个老婆是精华。
处事为人叫呱呱，
里里外外全是她。
老公出门挺潇洒，
衣袖整洁皮鞋擦。
郎才女貌人人夸，
儿孙满堂幸福呀！

2017 年 11 月 12 日

注：永民，作者的朋友。

恭贺肖关纪获五一功勋章

肖关纪呀真能干，
从小就把武功练。
练起套路吸引人，
动作潇洒夺冠军。
拍过电影现任官，
工作处处走在先。
今天荣获五一奖，
喜出望外回家乡。
欢聚一堂喜洋洋，
举杯恭贺功勋章。
百尺竿头更进步，
勇闯历史新篇章。

2017 年 11 月 18 日

注：肖关纪，男，中国武术 7 段。1963 出生于陕西省西安市户县，自幼酷爱武术，1976 年进入陕西省武术队，先后随三秦武坛名家马振邦、白文祥、徐毓茹等学习武术，曾十余次代表陕西省参加全国武术大赛，先后获第六届全运会武术对练金牌、第六届全运会武术预赛对练冠军、1982年十三省全国武术邀请赛传统拳术四类冠军。1982 年，被陕西省人民政府授予一等功。随同中国武术代表团出访伊拉克、朝鲜等多个国家。20世纪 80 年代，参加了《武当》《大刀王五》等多部电影武打片的拍摄工作，现任陕西省武术管理中心社会部部长。

四季乱穿衣

落叶满地霜洒白，
冷风飕飕寒香浸。
热冷交替换新衣，
唯见美女露胸裙。

2017 年 11 月 30 日

注：这个冬天来得突然，秋天的凉爽还没有享受几天，冷冬就偷偷降临。人们难免来不及添衣服，导致冬天乱穿衣。

赞中国散打夺世界七枚金牌

忆往昔，
世界散打无中国，
"东亚病夫"任人欺。
饥寒交迫三重山，
挨饥忍饿无衣穿。
共产党呀领导好，
打败日本和列强。
改革开放几十年，
从此山河换新颜。
看今朝，
中国散打夺七冠，
世界纪录新纪元。
教练领队张和田，
刻苦训练几十年。
拔筋踢腿从小练，
冬夏春秋不间断。
国歌奏响红旗展，
站在奖台笑开颜。

2017 年 11 月 23 日

注：张，即张根学，中国散打队教练，陕西省武术协会主席。张根学的人生极具传奇色彩：他白手起家，从民间组织起一支队伍，成为中国散打界的一支劲旅；他率领中国散打队征战南北，成为陕西体育界第一位担任国家队总教练（主教练）的人物；他统抓陕西武术，培养出了太极拳世界冠军吴亚楠，改变了赵长军退役后陕西武术长期低迷的局面，是陕西武术界唯一一位享受国务院津贴的专家；他全力参与了一系列中国武术对阵世界流派的比赛，是近年来武术市场推广的急先锋。

田，即田苏辉，中国散打队领队、陕西省武术协会常委副主席、西安市武术协会主席，被评为"陕西省劳动模范""第九届陕西省优秀青年企业家""西安市十大杰出青年"。

谁主沉浮

滚滚长江东流水，
浪花淘尽数英雄。
青山依旧山河在，
千秋功罪谁评说？
少年壮志志未酬，
一腔热血付东流。
古今上下千万年，
横空出世主沉浮。

2017 年 11 月 25 日

注：作者纵观历史，一代代皇帝，一代代英雄好汉，都在历史的长河中逐渐隐去。而当前正处在中华民族实现"中国梦"的伟大历程中，作者以此诗希望全国人民沿着习总书记指引的方向奋勇前行。

赞宁户生

宁户生呀肯登攀，
科学想象最当先。
自学成才工程师，
发明设计裁板机。
大大节省劳动力，
板面规则不破碎。
领导职工拍手誉，
名声远扬销全国！

2017 年 12 月 2 日

注：作者以此诗称赞宁户生天生聪明好学，爱钻研，他发明设计的
玻璃裁板机，大大节省了劳动力。

赞宁来生

来生天生好聪明，
社会关系很亨通。
跑电器呀赚了钱，
户口迁进城里边。
房子买了好几栋，
门面年租卅万整。
世界污染特别大，
灵机一动搞绿化。
惠安森工全拿下，
"美女"雇了几十个。
厂家医院拍手叫，
环境优美人如花。
换了宝马开奔驰，
人生精彩度乾坤。
现又承包职工灶，
游山玩水看奇妙。

年迈时节不歇手，
老当益壮青春故。
一生喜爱摄影术，
现又深造去学习。
捕捉美景添食粮，
勇往直前放光芒！

2017 年 12 月 3 日

注："美女"：女清洁工。看奇妙：学习外地城市的先进经验。

赞宁保卫

宁保卫呀农民娃，
兢兢业业不胡闹。
信用社招临时工，
刚一报名被录用。
干了几年转了正，
农民成了洋干部。
当了主任升了官，
职工围了一圈圈。
生了一双好儿女，
个个出类又拔萃。
老婆身形滚瓜圆，
贤惠温柔四邻团。
退休回乡度晚年，
楼房盖得像宫殿。
安居乐业老来秀，
辉煌一生没白度！

2017 年 12 月 4 日

颂王千娃

王千娃呀真能干，
一生务农把钱赚。
责任田哪无人种，
他一承包就过顷。
小麦玉米堆成山，
养牛养猪无负担。
养牛养了十几年，
日子红火把钱赚。
现在又办养猪场，
良种母猪十几头。
一个猪崽八百元，
一年收入二十万。
生了三个好儿女，
儿子保送上复旦。
小女考上教育部，
大女药厂工程师。

娶个老婆很温柔，
吃苦耐劳好帮手。
一生勤劳成绩大，
乡党同学把他夸。
今年刚刚六十整，
青春永葆不老翁。

2017 年 12 月 5 日

98

忆 生 岐

生岐人生爱钻研，
从小背诗过百篇。
十八入伍进军营，
喂马看病出了名。
突然军马得了病，
昏睡几天不能动。
军长急得寻小宁，
小宁退伍已起程。
首长命令穿军装，
马在你在回马房。
日夜守在马身旁，
抢救半月马复康。
领导保送学军医，
四年军医提了干。
复原转业进机关，
农民孩子端铁碗。

改革开放看文凭，
提拔副局做了官。
官场叱咤好浪漫，
四邻五舍围他转。
落寞锻炼看鸡病，
挂号排队人满院。
生意兴隆把钱赚，
创下历史新纪元。
一生跌宕意志坚，
退休写诗拟对联。

2017 年 12 月 6 日

注：小宁，即生岐。

100

赞樊文茂

樊文茂呐很可爱，
父母生他一个怪。
四个妹子都出门，
老人把他当作神。
当过海军有素养，
转业复员教师当。
八十年代生育严，
生了二女还捞男。
离开学校当农民，
回家看书编诗篇。
红白喜事拟对联，
乡党夸他是诗仙。
八十年代大开放，
表弟叫他去帮忙。
电器搞了十几年，
生意红火把楼建。

娶个老婆很精干，
吃苦耐劳最为先。
出窑干活好几年，
女人还比男人欢。
养蜂养了几十箱，
奔七还比小伙棒。
三个子女都成家，
大女医生人人夸。
一生贪书写诗文，
经常被聘做文人。
头发乌黑皮肤润，
青年模样依旧存。

2017 年 12 月 31 日

冬月黎明

风刮着树杈，
树杈碰得吧吧响。
没有落叶滚动，
有零星的废纸在飘零。
街道除了风声，
没有人走动。
突然有汽车那明亮的两道光，
给漆黑的黎明穿了个大窟窿！

2017 年 12 月 6 日

注：作者起居习惯为早晨五点起床，五点半左右开始练拳。这天早
晨六点还是漆黑一团，作者随即写了此诗。

西成高铁

高铁一线穿南北，
穿山越岭似飞机。
万壑高山笑开颜，
千里成都一日还。
蜀道难于上青天，
已是历史成昨天。
古今上下千万年，
科技腾飞最灿烂。
见山钻眼很易然，
遇壑架桥真壮观。
秦蜀人民把手牵，
来往自如像梭穿。
脉络打通血肉连，
亿万人民齐称赞。
天时地利人和时，
山河一统聚欢宴。

2017 年 12 月 8 日

大　海

远看你，
汪洋一片，
水面与天衔，
星星点点是舰船。
走近你的身旁，
狂涛拍岸，
白浪滔天。
融入你的怀抱，
四周与天连。
清晨，
太阳从你东岸冉冉升起，
荡漾得你是那么蔚蓝。
傍晚，
太阳又回到你的西岸，
你与天绵。
夜幕来临，
你把星星月亮眼里含，
是那么样地舒坦。

你将万吨巨轮托起如飞燕，
你吞纳百川腹无限。
你的腹底，
万物丛生真壮观，
千种动物游戏自如好烂漫。
你咆哮时，
海啸叱咤浪涛冲天，
狂风骤雨威猛扫荡一片。
你平静时，
和蔼慈祥面朝天，
与天同欢映蓝天！

2017 年 12 月 13 日

渼陂赞

秦岭北麓涝河岸，
两边绿化赛公园。
渼陂湖呀好壮观，
千亩水面有小山。
亭榭歌台廊迂回，
好似秦宫把身现。
宫殿湖水映生辉，
奇观美景海市蜃。
客人游览涌如潮，
波涛滚滚似浪涛。
湖岸美女歌舞伴，
人醉湖笑落飞雁。
南依秦岭北邻渭，
渼陂刘海戏金蟾。
泉眼汩汩圣水流，
碧水淼淼仙人潮。
游客拍手咂嘴赞，

湖水秦岭好壮观。
山水辉映赛西湖，
国粹一盏耀中华！

2017 年 12 月 12 日

法 之 韵

法，
你是亲爱的妈妈，
有了你，
人人都有幸福的家。
法，
你是太阳，
光芒万丈，
遍地开花，
有了你，
矛盾不再激化。
法，
你是黑夜里的一盏灯，
有了你，
人就踏不进路边的坑洼。
法，
你规范有理，
惩罚分明，
提倡公平公正诚实信用，

尊重意思自制。

法，

你是天平，

法律面前人人平等。

法，

你驱恶扬善，

人民赞！

2017 年 12 月 14 日

110

颂 通 信

忆往昔，
书信来往得几天，
写信邮递很麻烦。
看今朝，
信息交流是微信，
想见面时有视频。
科学发展快如箭，
科技腾飞达顶端。
电脑微信真奇妙，
千里之外能聊天。

2017 年 12 月 15 日

颂郭永忠

郭永忠呀受尊敬，
一心一意为群众。
解放前夕入了党，
为表忠心叫永忠。
书记当了几十年，
谁家有难谁家援。
家家都像自己家，
融入一体人人夸。
遇事不惊很冷静，
处理问题保公正。
大公无私听党话，
带头劳动不摆架。
交通事故硬回家，
司机走后医院查：
小腿骨折包了扎，
硬不住院回了家。
肇事司机来看他，
被子一盖没有啥。

娃们有些不理解，
拉砖司机可怜呀！
死后乡党来随情，
有个小伙礼一千。
孩子不知咋回事，
派人退钱问究竟。
小伙哭着落了泪，
十年母亲得了病，
无钱医治等要命，
苞谷卖了一千整，
全部拿来叫看病，
一下救了母亲命。
生产队呀收入薄，
再不还钱没脸活。
县委书记苏耀先，
亲自悼唁把他赞。
县长有病不能动，
寄来唁函把他颂。
乡党自发锣鼓队，
为他送行到坟茔。
他的一生为民众，
留下丹心人民颂！

2017 年 12 月 14 日

注：郭永忠：新中国成立后孝义坊（孝东、孝中、孝西）三个村子
的书记。苏耀先：20 世纪 70 年代末户县县委书记。县长：20 世纪 70 年
代初户县县长安生高。

天

天，
你高高在上，
人们把你仰望。
天，
你广袤无边，
宇宙万物你掌管。
天，
三大星球在你眼里嵌，
无数星星在你眼底观。
天，
你博大精深无污染，
蔚蓝天空星光灿。
天，
你有说有笑很乐观，
黑明昼夜不眨眼。
天，
你有时雷鸣电闪，
大雨倾盆很壮观。

片刻雨过彩虹悬空一道弯，
恰是牛郎织女要拜天。
天，
你勤劳快活做垂范，
三大星球不怠慢，
万物生长才灿烂。
天，
你一年四季把地球巧装扮，
春天绿叶一片好壮观，
夏天万紫千红姿万千，
秋天果实累累香飘馋，
冬天雪花飘扬婚纱穿。
天，
科技正在与你衔，
看未来，
叫下让停按开关，
天地凯歌旋！

2017 年 12 月 18 日

注：作者以此诗抒发了对天的仰慕之情。

雪

鹅毛漫天飘飞扬，
婚纱大地银白妆。
茫茫一片望不透，
浩浩百川涌无潮。
路天一体无方向，
牛羊失途鸟不狂。
千树万枝梅花香，
五湖四海波澜祥。

2018 年 1 月 3 日

注：祥，指波涛失去了往日的汹涌和疯狂，而是安安静静，显得非常慈祥。

116

赞重阳拳法研究会

重阳拳法研究会，
年年总结有韵味。
王玮会长领导好，
会员人数过百了。
冬练意志夏练汗，
天天坚持不间断。
领导带头把功练，
创下鄠邑新示范！

2018 年 1 月 7 日

117

山

山，
远看海浪滔天，
波涛翻滚起伏如烟。
山，
近看巍然屹立，
绿荫一片耸云间。
山，
走进你的怀抱，
空气新鲜，
沟壑松叶与草同欢。
山，
你包容万物同争艳，
花红叶绿姿万千。
山，
你有多高水多高，
万物生长涌如潮。

2017 年 12 月 7 日

注：作者一生爱山爱水，此诗表达了作者对山的感怀。

118

除 夕 赞

鞭炮声声万花开，
除夕年年浓香来。
央视春晚歌舞宴，
全国人民齐观看。
武术相声芭蕾舞，
演技超群星光馋。
日月欢颜佳节酒，
乾坤叱咤山河秀。

2018 年 2 月 15 日（农历大年三十晚）

大年初一黎明

爆竹震震不夜天，
星光灿灿话春联。
人逢佳节精神爽，
气遇山河斗志昂。
男女老少除旧貌，
张灯结彩迎新年。
觥筹交错把酒樽，
欢聚一堂唱心言。

2018 年 2 月 16 日（农历大年初一）

大年初三黎明

满院冷落浸寒气，
唯有梅花吐香味。
黎明寂静熟酣睡，
拂晓不闻狂鸣音。

2018 年 2 月 18 日（农历正月初三晨）

大年初三雪戏秦岭

雪宴秦岭风陪笑，
银装素裹佳节闹。
好似芙蓉刚出水，
犹有新娘才露脚。

2018 年 2 月 18 日（农历正月初三）

122

初五罢罢年

九点接客鸟飞旋，
太阳普照金光闪。
初五还算罢罢年，
十点再去好好侃。
一年一度春光劲，
今日景色好烂漫。
不知不觉年过完，
你来我往春意燃。

2018 年 2 月 20 日（农历正月初五）

江 南 好

美女玉立豪情望，
蓝天海洋共荡漾。
太阳光茫画彩虹，
江南景色抒怀放。

2018 年 2 月 21 日（农历正月初六）

晨　　练

清晨练太极，
朝阳喷绿枝。
空气沁心脾，
景色润眼胰。
汗水汩汩流，
微风习习吹。
舒坦劲道味，
神仙也难知。

2018 年 2 月 23 日（农历正月初八晨）

注：喷：喷云吐雾之意。胰：胰腺，人身体中的一个脏器。

杨 峰 赞

杨峰个大力也大，
警察这行选对啦！
公安战线算神探，
文化领域数诗仙。
破案迅速胆子正，
罪犯狡猾有何用？
面貌倜傥气质轩，
为人处事心地善。
孝敬父母爱妻儿，
家庭责任一身担。
教育子女做垂范，
千金出色考上研。
喝茶宴友谈书画，
唱歌跳舞抒志愿。

2018 年 2 月 28 日（农历正月十三日）

闹元宵观鼓楼

正月十五钟楼灿，
玉树开花红旗展。
东门迎旭星光闪，
西门瞻紫渼陂烟。
览胜南阅秦岭云，
拱极北睹渭河仙。
鼓顶耸入祥云间，
四角开屏雁飞旋。

2018 年 3 月 2 日（正月十五日晚）

注：西安市鄠邑区（户县）钟鼓楼东门门楣题字"迎旭"，西门门楣题字"瞻紫"，南门门楣题字"览胜"，北门门楣题字"拱极"。

诚谢琴心园

六十华诞琴心园，
兄弟姐妹共祝愿。
憧憬人人花一朵，
期盼个个诗如仙。
才子佳丽齐努力，
古今中外通史书。
杰作天下振唐宋，
朗诵乾坤醉月星。

2018 年 3 月 16 日（农历正月二十九日）

128

忆 景 云

肖景云呀好钻研，
党的宗旨记心间。
从小生在贫困家，
兄弟较多寄姑妈。
为给父母减负担，
十五六岁干活啦！
上山砍柴伐过树，
自学成才当中医。
南北二堡病看遍，
乡党称他是神仙。
由于兄长做模范，
小弟个个把书念。
唯他在家都在外，
学业有成传四村。
生了两个龙虎子，
个个出类又拔萃。
长子电台是主编，
二儿陕西研究院。

年近花甲当村长，
公平正义一身当。
积劳成疾住病房，
抢救数月挽不狂。
念念不忘家村事，
倏地陨落谁不伤。
但愿驾云仙鹤游，
毕生功名垂千秋。

2018 年 4 月 13 日
（农历二月二十八日）

130

石佛寺村有感

石佛寺村有亮点，
大雄宝殿坐中间。
李氏宗祠对面笑，
奇石如佛好壮观。
健身广场大队部，
亮丽耀眼览南山。
道路整洁绿化好，
全凭村民和领导。

2018 年 4 月 22 日

附录（贺诗）

贺刘家彬先生花甲寿诞并诗集《星火流光》出版

杨　峰

流光岁月赋诗魂，香馈终南不老人。
文可张扬鸿雁志，武能问斩孽魔身。
桃花十里贺新集，杨柳千条祝寿辰。
刘府张灯宾满座，但燃星火照琴心。

七律·恭贺鄠邑区刘家彬先生花甲寿诞并诗集《星火流光》出版

赵奇立

星火流光意未沉，终南山下有家彬。
红尘难掩沧桑影，花甲分明壮岁心。
笛里声声鸣远志，诗中切切蕴长吟。
人生何事堪欣慰，不负光阴值万金。

贺刘家彬先生花甲寿诞并诗集《星火流光》出版

王会海

习武春秋铄骨身，为诗冬夏励魂心。
星火流光承大运，英杰溢彩谱琴吟。
壮士华年铸丰碑，才俊甲寿走集文。
岁月经年堪几何，韵芳万代昭后人。

七绝·刘家彬先生诗集
《星火流光》出版

神峪龙

星火流光宇宙深，
修文习武养乾坤。
花甲神清多异彩，
皓空气朗古无人。

贺刘家彬先生花甲寿诞并诗集《星火流光》出版

乾　坤

侠骨丹心义云天，
律法公正双肩担。
老当益壮啸花甲，
星火流光赋新篇！

贺刘家彬先生花甲寿诞并诗集《星火流光》出版

陈波浪

春秋尚武，助弱扶贫申正义；
花甲崇文，怡情长寿乐天年。

贺刘家彬先生花甲寿诞并诗集《星火流光》出版

李隽（三悟）

岁月戊戌花甲辰，
琴心剑胆公正魂。
崇文尚武四十载，
星火流光风雨人。

贺 诗

李耀志

诗书胜美酒，
雅和乃嘉宾。
星火燃情趣，
流光勤耕人。

热烈祝贺刘家彬先生
诗集《星火流光》出版

李景宁

其一

上苑春深美景幽，君持妙笔赋风流。
抚琴一曲诗心醉，鄂邑刘公雅梦悠。

其二

新花吐艳不超群，尚武崇文鄂地闻。
娄敬精神常自践，武林律界总躬亲。

其三

一卷诗文惬意行，谦逊自信总从容。
夕阳无限寻佳趣，妙笔鸿篇鹤喜鸣。

其四

星火流光放异香，生花健笔沁朝阳。
诗文做伴桑榆乐，鹤舞鹏飞上苑翔。

其五

雄爽秉清风，平和凯歌行。
求实诗简朴，枫叶漫山红。

其六

君赋凌云志，诗林气自华。
高情欣纵笔，星火灿朝霞。

其七

苍鹰上苑起，展翅醉长天。
古邑秦峰渺，新区韵海宽。
追风勤练笔，筑梦好行船。
渭水涛声远，劲帆梦总圆。

其八

鄠邑闻啼鸟，清泉夜雨怀。
吟诗怡韵海，觅句仰文台。
星火琴心梦，松石剑胆才。
美篇昭盛世，春至喜花开。

七绝·贺刘家彬先生诗集
《星火流光》出版

风中一枝梅

其一

上苑银花普庆天，流光星火载诗篇。
长歌美景白云赋，甘水通幽几梦还。

其二

四月春光开好景，云歌载梦至青舟。
流光星火琴心映，义胆双枪两面朱。

其三

春深四月海棠红，白叟高咏雅韵浓。
瀚海情深追远梦，雄鹰振翅向苍穹。

恭贺刘家彬先生雅集
《星火流光》出版并六十寿诞

陈胜利

星辉映彩六十春，火铸神拳逸武魂。
利齿流香匡正义，光泽上苑满乾坤。

贺刘家彬《星火流光》出版

八水居士

男儿尚武志高远，
崇文普法是非辨。
诗词舒情歌盛世，
星火流光铸锦篇。

贺刘家彬老师新书出版

雒亚周

诗歌冲破中原大地，
春色迎来星火流光。

贺　诗

郑礼棠

少小习武崇侠风，
青年尚文有柔情。
诗词撰集人生志，
花甲扬帆再启程。

贺 联

贺广军

诗文星火秦川燎，
武技流光鄠邑传。

贺刘家彬先生诗集
《星火流光》出版

魏智广

朝为剑舞星，暮做上林兵。
春写桃园意，莲吟夏荷情。
秋菊红似火，冬雪映晶莹。
佳作称一品，琴心韵逸生。

贺家彬先生华诞暨
《星火流光》出版

王录庆

三更起舞伴星辰，
修气强筋采月魂。
天地闻达迎甲子，
江河流韵唱青春。

贺刘家彬老师六十花甲寿诞并《星火流光》出版

天韵百合

三秦大地一真人，
秀外慧中文质彬。
武可操戈安社稷，
文能提笔助平民。
穷通不改菩提性，
日夜常劳铁骨身。
曲折离奇几十载，
人逢花甲又回春。

藏头嵌名五绝·贺刘家彬
《星火流光》出版

杨武生

星异太空亮，
火燃宇宙新。
流家彬立著，
光照后来人。

贺刘家彬老师花甲寿诞并诗集《星火流光》出版

刘亚婷

草绿莺啼春信忙，杏花苏醒李花香。
芝兰室雅逢三喜，松竹寿绵福久长。
威武铁拳方鼎盛，燎原星火已流光。
金樽满举酬明月，何任风华又染霜。

刘家彬先生《星火流光》
出版致贺

骚苑逢春，秉笔挥锄耕好梦；
诗乡织锦，咏怀种玉绘宏图。

西安市鄠邑区上林苑诗词楹联学会

和风雅韵诗乡景，
好梦雄文赤子情。

上林苑星期天诗词楹联学校

意正诗清，弘扬国粹；
情真笔健，浩荡雅风。

上林苑网站

贺刘家彬先生《星火流光》出版

琴心剑胆畅艰辛，矢志家国写至真。
汗洒诗乡扬劲帆，情留鄂邑暖三春。

《上林苑》编辑部

好诗星火送温馨，惬意流光雅意深。
字句读来皆有味，开心畅饮喜豪吟。

上林苑诗词楹联学会辞赋部

贺刘家彬先生诗集
《星火流光》出版

武林盟主有担当，法律助人正气扬。
不辍笔耕花甲岁，欣然星火亦流光。

上林苑书法艺术部

贺刘家彬先生诗集
《星火流光》面世

郭　凡

其一

诗乡自古出贤人，尚武崇文启后昆。

有善家风荣剑胆，无言雅韵潺琴心。

流光一苑新花艳，溢彩三秦碧树春。

星火豪情信义录，岚清梦灿铸国魂。

其二

喜闻鄠邑奇葩绽，一缕奇香上苑来。

百首诗文心血著，真情细品喜高怀。

贺刘家彬先生诗集
《星火流光》面世

山　晓

踏浪扬帆，长风破雾；
吟诗逐梦，壮志凌云。

贺刘家彬先生花甲寿诞并
《星火流光》出版

胡芳芳

星起东方鄂邑明，
火燃上苑又双赢。
流清最爱春时好，
光亮偏怜花甲情。

为贺家彬老师《星火流光》诗集出版而作

杨建敏

既可武来又能文，
披星戴月显精神。
诗书问世众人赞，
星火流光铸忠魂。

恭贺刘家彬先生《星火流光》出版

星披月戴趣恒真，
武略文韬令众钦。
浴火年华藏厚味，
流光溢彩万代春。

上林苑诗联学会发行部

160

再贺刘家彬先生花甲寿诞暨《星火流光》诗集出版

李隽（三悟）

一

文韬普法大家，
武略行义质彬。
风雨四十著铸，
岁月花甲忠魂。

二

诗吟鸿鹄志，
武练正义魂。
花甲风雨岁，
法律公正人。

三

花甲岁月六十年，
风雨吟练四十春。
公平公正双肩挑，
星火流光文武君。

贺刘家彬先生花甲寿诞暨
《星火流光》诗集出版

李文英

刻苦求进梦成真，
社会多行传颂音。
武略文韬好声誉，
宝刀未老是超人。

贺 联

骞 哲

浅忆流年忽作念，
一片文心耀乾坤。

贺刘家彬诗集《星火流光》付梓

吴永安

尚武崇文正气弘，
笔耕不辍寄柔情。
桑榆未晚余霞艳，
才和诗林雅韵生。

贺刘家彬《星火流光》付梓

秦　人

尚文修武弃红装，
儒雅常留拳路旁。
星火流光能济世，
体丰情满报梓桑。

贺刘老先生《星火流光》书成

张拯民

星似郎目火似情，
流逝岁月现光明。
人生花甲不虚度，
文有硕果武有成。

贺　　诗

武讲利

乾坤方为天地神，
鄠邑生来有家彬。
习文练武有英名，
阳光心态容于身。

贺刘老师《星火流光》出版

雨玲珑

迎空鄂邑一条龙，星火流光写太平。
尚武精神瞻马首，辩词仗义应民声。
诗香一缕抒情趣，禅意千般慰地灵。
向善之心清若水，乾坤朗朗任君行。

贺刘家彬先生《星火流光》付梓

若　水

华章熠熠气传神，星火流光映上林。
文武全才堪典范，艺德双举亦贤人。
曾经沧海难为水，除却巫山不是云。
白首仍持年少志，花甲还尚茗茶心。

贺刘老师《星火流光》出版

二　牛

鄂邑儒雅笔生花，
星火流光贺花甲。
剑胆崇武扬正气，
琴心普法万民夸。

贺刘家彬先生《星火流光》出版

靳　肖

流光岁月映人生，尚武崇文步若风。
星火燎原接灿烂，言秋道晚似青松。

后　记

　　《星火流光》的问世，让我感到很欣慰。首先感谢社会给了我这么多素材，让我触景生情，有感而发，经过几十年的创作终于积土成山。当时幼儿时的志向随着年龄的增长，在慢慢地改变。23岁毅然决定回到家乡，在农村打拼，放弃高考复习，是我人生的选择。当时的选择是对是错，直到现在我都难以确定，但不管是当工人、农民、教师、医生，只是职业不同，理想、抱负、志向都是一样的。理想就像前进道路上的灯塔，让我勇往直前！

　　回顾走过的路，我深感知识就是力量，对我而言这力量就是法律知识。1988年姐夫涉及拆迁官司，1997年表哥涉及刑事官司，我在涉猎这两个官司后，深感法律知识的重要，便下决心自学法律，随后在西安政法学院薛辉老师的指点下，在西安自考办报名律师专业。2005年1月1日，我第一天作为法律工作者执业，有个名叫小耿的小伙来咨询，说他朋友借他十万元，约定2004年12月31日前还，这位朋友共借了近百万元，用来做水泥生意，但水泥款到年底收不回来，债权人都来要钱，朋友实在无法承受，跑了，在临走前给了他一张八万元水泥款欠条，欠条上承诺2004年8月底清偿，现在想要咨询能否以他（小耿）的名义起诉欠款人。我的回答是：能！小耿喜出望外，说他咨询了几个律师事务所，都说不行，说他主体不适合。我说：这是合同法的代位权诉讼。随后小耿立即办了委托手续。这是我在户县法院立的第一个代位权诉讼案。这个例子与后记有些脱节，但我想要表达的是知识的重要性。书中有黄金，看书要融会贯通，领略到其中的精髓。

我四十岁开始报名自考，打破了人过"三十不学艺"的说法，我深感活到老学到老，学无止境，一分耕耘，一分收获。如果说"成功＝志向＋努力"，那么该书的问世，就离不开我的志向和努力。按照我的打算，是在七十岁前出书，没有想到提前了十年，这要感谢亲朋好友的大力支持。初稿出来后，朋友刘辉和单淑琴夫妇对错别字和个别诗歌做了修改和建议；诗友杨峰帮忙改稿定书名，并约请文化学者李景宁审稿、写序。在他们的鼎力支持和帮助下，《星火流光》顺利问世，在此我对他们表示诚挚的感谢！

经历近四十年的风风雨雨，我将这百余首有感而发的小诗歌辑录成册，作为人生的一个礼包送给大家。由于我的文化水平较低，难免有不足之处，请大家阅后多提宝贵意见，我将百尺竿头、更进一步！

《星火流光》是我前进道路上的奠基石和灯塔，我将以更加敏锐的眼光观察社会，写出让大家喜爱的篇章。

2018 年 3 月 6 日

173